LA BELLONIDE,

POEME EN DIX CHANTS,

Dédié à Monseigneur le Maréchal d'Empire DAVOUST,

Par un JEUNE MILITAIRE du 33.ᵐᵉ Régiment de Ligne.

Le premier qui fut roi, fut un soldat heureux.

A LILLE,

Chez S. BLOCQUEL, Imprimeur-Libraire pour le service militaire, coin de la salle des spectacles.

Et à PARIS.

Chez BERTIN Frères, Libraire rue de Savoie, nº. 4.

AN XIV.

À SON EXCELLENCE

MONSEIGNEUR

Le Maréchal d'Empire Davoust,

Président du Collège électoral du Département de l'Yonne, Commandant en chef le Corps de droite de l'Armée de l'Océan.

J'ai démasqué le lâche et le sot mercenaire,
Ma plume, sur leurs noms a passé mille traits ;
Je peins le bon soldat, le brave militaire,
Et mon pinceau s'honore en faisant leurs portraits.
J'aurais peint une armée, un camp, une flotille,
Peut-être une brigade, au moins un régiment ;
Mais jugez, Monseigneur, de mon étonnement,
Je n'avais sous les yeux qu'un tableau de famille
Dont vous êtes le président.

IDÉE DU POËME.

Tous les arts ont trouvé des professeurs et des apologistes ; beaucoup d'auteurs célèbres ont, sous les premiers titres, consacré l'art d'écrire à colorer leurs passions, et les grands hommes qui nous ont laissé l'art poétique, l'art d'aimer et celui de la guerre, ont été métromanes, amans ou guerriers.

Ils ont eu des modèles, des concurrens, des prosélytes et des censeurs ; je ne prétends pas établir aucun paralèle et décider entre Juvenal et Boileau, Ovide et Gentil - Bernard, non plus qu'entre Polybe et Guibert.

Ce dernier joignit à la connaissance d'une profonde tactique, un grade supérieur et un goût décidé pour son métier ; il esquissa de belles leçons aux officiers et dessina de grands exem-ples aux généraux ; mais, il a considéré le simple soldat comme un être purement automate, que les ressorts d'une bonne discipline font mieux mouvoir qu'une tirade de beaux vers.

Je suis de cet avis, et cependant on a dû re-marquer que la plupart des militaires français possèdent un esprit de raisonnement, un carac-

tère observateur que les soldats des autres na-
tions belligérantes n'ont pas encore acquis.

Nos corps de troupes sont peuplés de braves
guerriers, mais, pour la plupart, dégarnis de
sujets érudits; ils devraient être plus communs
dans les nouvelles recrues que dans les précéden-
tes réquisitions, où l'effervescence tenait lieu
d'héroïsme et étouffait dans les têtes exhaltées
tous les germes de l'étude.

J'ai donc présumé que pour stimuler dans les
jeunes cœurs, l'amour de la gloire en faveur du
gouvernement, il fallait commencer par atta-
quer l'amour propre et ne pas négliger le moral,
pour ne s'occuper que du physique.

Rien ne serait plus avantageux pour les régimens en garnison, que d'établir dans leur sein
des écoles où seraient admis les sujets qui mon-
treraient le plus de disposition pour l'étude;
l'administration des corps y gagnerait beaucoup
et serait moins embarassée sur le choix des sous-
officiers comptables; souvent on est obligé de
les prendre parmi de jeunes conscrits, tandis
que d'anciens militaires restent ignorés.

Je me suis choisi un élève parmi mes compa-
triotes et dans la classe de ceux que j'ai trouvé
ni très-érudits, ni trop ignorans; il est mon

frère et mon émule; je lui fait connaître les dé-
fauts et les qualités de ceux avec lesquels il ha-
bite; je lui représente le soldat tel qu'il est et tel
qu'il devrait être; je n'emploie que rarement
les citations de l'histoire et je ne lui offre point
une foule de héros grecs ou romains, il suffit de
ceux qu'il a sous les yeux.

On reconnaîtra quelques caractères dont les
originaux ont, je crois, échappés aux pinceaux
des Théophraste et Labruyère, ces judicieux
physionomiste de la moralité humaine, n'ont
pas arrêté leurs regards sur le commun des militaires; il suffit de les fréquenter pour les connaître, mais, ainsi que les hommes de l'état
civil, il faut bien les étudier avant de les juger.

Quand je peins un brise-fer, je ne prétends
pas envelopper la totalité des maîtres d'armes
dans le nombre de ceux qui se font un métier
de provoquer leurs camarades, ou de se forma-
liser du premier mot pour avoir le plaisir de
se battre en duel et acquérir des droits au titre
de *Crâne*: voilà celui que j'ai voulu désigner à
mon élève, comme un être nuisible et dangereux
pour la société; mais non pas le brave qui
s'exerce avec honneur et dont le talent d'escrime
tourne toujours à l'avantage du corps et de ses
écoliers.

Quelques évènemens dont je fus témoin dans le cours de mes campagnes, m'ont donné l'idée d'une anecdote épisodique dont le but moral est de faire connaître à mon élève les funestes effets de l'esprit de parti.

Ce trait m'avoit d'abord fait établir le plan d'un drame bien noir, que j'eus la constance de traiter dans le cours des dernières expéditions de l'armée du rhin.

Je croyais mon ouvrage excellent et quelques personnes avaient la complaisance d'être de mon avis, parce que nous étions dans un tems où le merveilleux le plus sinistre étoit toujours le plus beau naturel; aussi je n'avais épargné ni vieux châteaux, ni souterrains, et si j'avais eu le bonheur de voir en Allemagne, des spectres, des loups-garou, et d'en placer dans mon drame, sans doute il aurait réussi.

Nous ne revînmes en France que dix-huit mois après la naissance de ma production; elle était devenue monstrueuse; son volume effraya les artistes de Dunkerque, et six mois plutôt elle eut fait les délices du boulevard.

J'ai donc cru que pour me dédommager des soins que j'avais pris en élevant mon colosse d'imagination, il fallait le dépouiller du clinquant dramatique, y substituer un ajustement plus simple et retrancher quelque chose de sa taille gigantesque; ce que j'ai fait sans le mutiler. Ce poëme est pour lui un petit logement, où il est obligé de se tenir à genoux.

J'ai transporté la scène en Irlande, au moment où les français venaient d'y débarquer sous les ordres du général Humbert.

Je prépare mon élève à l'attaque, au combat à la victoire, aux revers, aux privations de tous genre, et je le ramène au triomphe, aux récompenses, à tous les suffrages qu'on doit à l'homme d'honneur.

Mon but est d'être agréable à mes camarades, autant que je desire leur être utile: j'aurais pu leur soumettre mes observations d'une manière plus conforme à leurs goûts et me mettre à leur portée en écrivant dans un langage qui leur est familier; mais j'avais l'idée de faire un poëme, non pas une compilation des réglemens militaires.

Qu'aurai-je pû dire en prose qui ne soit depuis longtems prévu par les théories?

La poésie est le dialecte de l'illusion, quand elle plaît à l'oreille, elle est bien vîte au cœur.

b

ARGUMENS.

LA BELLONIDE,

Poëme en dix chants.

CHANT PREMIER.

LA DIANE.

Je laisse aux Dieux la foudre, à Bellone un tonnerre ;
Le haut-bois à la paix, les clairons à la guerre ;
J'enseigne à mon émule, encore ingénieux,
L'art d'être un bon soldat et celui d'être heureux.

Sage et fière Pallas, Mentor de Télémaque ;
Toi, qui sous ton égide a pris les rois d'Ithaque,
Permets-moi de prétendre à ce sublime honneur ;
A l'ardeur qui m'anime, ajoute une autre ardeur,
Elèves de ma voix l'organe trop timide,
Donne à tous mes accords un ensemble rapide ;
Mes chants vont répéter tes précieux avis
Et les leçons que Mars donne à ses jeunes fils.

Entends-tu, St.-Firmin, la trompette éclatante
Et les sons redoublés d'une caisse bruyante,
De l'active Diane annonçant le réveil ?
Rougis de ton repos, sors des bras du sommeil,
Tu dois au même instant faire une découverte.

A

Je vais te donner l'ordre ; et les trois mots d'alerte
Sont : *Aigle, Etoile, Honneur* ; ces guides souverains
Sur tous les élémens te tracent des chemins,
Eux seuls te conduiront aux postes convenables,
S'ils sont tous dangereux, ils sont tous honorables.

L'Anglais repose encore et l'aube d'un grand jour
Chasse l'obscurité du céleste séjour ;
Son aspect, par dégré, dissipe l'athmosphère
Et d'un éclat naissant couvre notre hémisphère ;
L'aurore, en ce moment, sur un ciel doux et pur,
Dessine ses rayons d'or, de pourpre et d'azur ;
Ses yeux, pour cette fois, en revoyant la terre,
Pleurent moins ses amans que les maux de la guerre.
Elle ouvre, avec douleur, les portes du matin ;
Et d'humides rubis s'échappent de son sein.

Viens, le meilleur ami que mes yeux ont vu naître,
Mon frère, mon émule et mon rival, peut-être ;
Descends de tes côteaux, favori de Bacchus,
Toi, dont l'ame et les traits me sont si bien connus.
Dans ces lieux fortunés où règne l'abondance,
J'ai long-tems partagé les jeux de ton enfance ;
Le pressoir et la cuve ont été nos berceaux,
Notre lait fut toujours puisé dans des tonneaux ;
J'ai vu que ton hochet était une bouteille,
Tu dansais sur le pampre et tombais sous la treille,
Je soutenais tes pas, sur cette côte d'or,
Où la nature et l'art ont placé leur trésor ;
Tu bégayais mes chants, je t'y voyais sourire ;
J'ai lu les premiers mots que ta main sut écrire,
Tu dormais dans mes bras, je veillais près de toi,
Et ton premier regard était souvent pour moi.

Aujourd'hui, plus robuste et sans doute plus sage,

Tu dédaignes, peut-être, un Mentor de mon âge,
Sur ton front soucieux, je lis quelques regrets,
Et déjà, dans món cœur, ont passé tes secrets.

Je conçois, St.-Firmin, l'objet de ta tristesse,
Tu soupires, tu pense à ta jeune maîtresse;
Ton cœur, brûlant d'amour, croit ne jamais changer,
Mais, il y songe trop pour toujours y songer.
Le tems, sur tout le monde, a la même influence;
Il détruit l'habitude et lasse la constance,
Toujours il renouvelle ou calme nos douleurs
Et donne à notre esprit ce qu'il ôte à nos cœurs.

De l'homme en général consultes la faiblesse,
La raison, la folie, ensuite la sagesse,
Aussi bien que le tems, n'a-t-il pas ses saisons?
Toute sa vie, il donne et reçoit des leçons,
S'il est né vertueux, il est toujours sensible,
Mais qu'il reste constant, cela n'est pas possible.

Il faut en plaisantant traiter tous les amours,
Les tromper! eh! qu'importe, ils pardonnent toujours,
Sur-tout dans notre siècle, où la femme jolie,
Pour trouver un St.-Preux, n'est pas une Julie;
Son cœur cède, étant jeune, à des desirs naissans,
Et la femme à tout âge obéit à ses sens;
Si tu veux avec elle avoir le gain de cause,
Gardes toujours la pomme et demandes la rose.

Tu sauras, qu'autre fois, Pan devint amoureux,
Pan ne savait pas plaire et Pan fut malheureux.
Il fit, de ses haut cris, retentir le Ménale;
On nous dit que depuis cette époque fatale,
Les Syrinx, à nos yeux, se cachent sous les eaux;
Et les nymphes, pour nous, ne sont que des roseaux.

Je suis loin de blâmer la douleur qui t'anime,
Ami, je la partage et la crois légitime ;
Tibère est sur le trône , Attila ne vit plus,
Et tu dois, sans rougir, montrer quelques vertus.
On peut , au sentiment , dérober bien des charmes
Que l'on apporte encore dans le métier des armes.

Prends cette carabine où brille un pur acier,
Approches de l'arène et garde un front altier,
Places-toi dans les rangs , franchis cette barrière,
Dans les champs de l'honneur, commences ta carrière,
Attaque avec sang-froid , combats avec ardeur,
Sois grand dans le succès , plus grand dans le malheur ,
Montre , en ayant une ame au dessus de tes peines,
Que le sang bourguignon coule encor dans tes veines.

Le temple de Janus, où je guide tes pas.
Offre un lycée aux arts , une école aux soldats ,
Un refuge à la paix , un asile à la guerre ,
Le silence y succède aux éclats du tonnerre ,
On y trouve l'autel où la postérité
Vient unir le trépas à l'immortalité.

CHANT DEUXIÈME.

L'APPEL, AUX DRAPEAUX.

D'un féroce ennemi, magnanime adversaire,
Toi, des célestes traits, heureux dépositaire,
Et des secrets divins, intime confident,
Dont l'œil peut se fixer sur un soleil ardent,
L'étoile qui te guide est celle que tu règles ;
Viens, planes sur les mers, aigle de tous les aigles !
Elèves jusqu'au ciel ton vol audacieux,
Empruntes la clémence et la foudre des Dieux,
Terrasses, d'Albion l'insolente fortune,
Viens, brises dans ses mains le sceptre de Neptune;
Que les flots, rougissant du joug qu'ils ont porté,
Roulent, du léopard, le corps ensanglanté.

Valeureux compagnons, vous pour qui la victoire
A su se dépouiller des aîles de la gloire,
Venez, braves guerriers, issus du sang gaulois,
Dont les jours sont déjà comptés par tant d'exploits,
Vous allez couronner vos nombreuses conquêtes.

Après avoir bravé la fureur des tempêtes,
La flame des volcans, la rigueur des frimats,
La glace des hyvers et le feu des combats,
Il vous reste à braver peut-être davantage,
Mais le danger jamais n'effraya le courage,
Et s'il est un péril qu'on ne puisse affronter,
C'est le char de triomphe où vous devez monter.

Qu'importe à vos succès cette foule avillie,
D'orgueilleux flibustiers guidés par la folie,

Du bras qui les enchaîne, insensés partisans,
Esclaves sur la terre et sur l'onde tyrans,
Opprimés dans St.-Jame, oppresseurs en Irlande,
Elevés sur les flots, abaissés sous Ostende,
Vaincus en Batavie, à Dunkerque, à Fleurus,
Vaincus autant de fois qu'ils furent combattus,
Cherchant au sein des mers de perfides retraites,
Et sous des masques d'or déguisant leurs défaites,
Tandis que leurs agens, leurs flottes, leurs soldats,
Trouvent dans les trésors, la valeur qu'ils n'ont pas.

S'ils pensent arrêter le progrès de nos armes
Ou troubler nos esprits par de fausses alarmes,
C'est qu'ils ne savent plus que nous sommes français;
Mais en les combattant, ne l'oubliez jamais

Au milieu des combats respectez l'innocence,
Et triomphez du crime à force de clémence ;
Les peuples ne sont pas nos plus grands ennemis,
Mais celui qu'on opprime est rarement soumis;
De nuire à nos succès, l'Irlande est incapable,
Distinguez ses amis, en frappant le coupable,
Voilà le seul desir qui doit vous animer,
Et ceux qui vous craignaient, sauront vous estimer.

Venez, jeunes soldats de légion vélite,
Vous, l'espoir de la France et bientôt son élite,
Voulez-vous sur l'airain que vos noms soient inscrits ?
Honorez-vous d'abord du titre de conscrits,
Et si vous préférez celui de volontaires,
On vous le donnera, mais soyez militaires.

Et toi, dont l'abord sombre annonce un bas-breton,
D'une obscure noblesse, orgueilleux rejetton,
Moderne possesseur d'une maison antique,
Veux-tu servir d'exemple à la Gaule Celtique ?

Abjures, pour jamais cet aveugle transport,
Qui t'égara long-tems sur les côtes du nord;
Le grand Latour-d'Auvergne, animé d'un beau zèle,
Fut ton compatriote et sera ton modèle;
Il eut dans tous les tems, beaucoup d'admirateurs,
De nombreux ennemis et peu d'imitateurs.
Saisis, avec respect, son armure sanglante,
Prends, d'un lourd cavalier la cuirasse pesante,
Combats les ennemis qui t'ont fait malheureux,
Tombes; mais que ta chute en écrase au moins deux.

Approche, enfant chéri de Bellonne et des Graces,
La gloire et le plaisir t'ont vu suivre leurs traces;
Tu fus l'Hermés d'Hymen, et celui des jaloux,
L'amant de chaque femme et l'ami des époux;
Pour ton noble courage, il faut d'autres conquêtes;
A cueillir des lauriers, tes mains sont-elles prêtes?
Tu trouveras encor des couronnes de fleurs,
Des palmes, des ciprès, des myrthes et des cœurs.

Reprends ce casque d'or à crinière flottante,
Penches sur ton sourcil sa visière brillante,
Que le coursier fougueux qui te mène aux combats,
Loin des murs de Lutèce, y ramène tes pas;
La gloire a plus d'attraits qu'une intrigue commune,
Fixe enfin la victoire, enchaines la fortune
Et reviens sur le char de Mars ou de Venus,
Esclabousser le lâche et les sots parvenus.

Reviens, triste habitant des rians bords de l'Eure,
Quittes ton doux breuvage et ta sombre demeure,
Laisses, de ce pommier, les stériles produits,
Viens, dans les champs de Mars, moissonner d'autres fruits;
Sous des traits plus flatteurs, tu reverras l'automne,

B

Abandonne au houblon, le sceptre de Pomone,
Puises dans ce chapeau . . . . soupire, hésite un peu,
Montres-moi ton billet . . . . il est noir ! marche au feu.
    Ainsi chaque pays distingue son élite,
Et lui laisse le choix d'une arme favorite.
Si je veux un hussard, je prends un allemand,
S'il me faut un marin, je demande un flamand;
Un chasseur ? je le trouve aux rives fortunées
Du Lot, de la Garonne, et sur les Pyrénées.
Veut-on un bon soldat ? qu'on choisisse un Français;
Mais s'il faut un pirate, on doit prendre un Anglais.

CHANT TROISIÈME.

L'EXERCICE.

Plus on veut s'élever, plus il faut qu'on s'abaisse.
Sois grand, mais sans hauteur, souple, mais sans bassesse;
Intelligent, docile, actif, officieux;
Souviens-toi que les cœurs se gagnent par les yeux;
D'abord, sur l'apparence, on juge le mérite,
Mais on sait qu'un soldat n'est pas un cénobite.

Ne vas pas contre un chef, justement irrité,
Afficher l'arrogance et des tons de fierté,
Ce serait entreprendre une lutte inégale;
Pour Alcide, à ta place, elle eut été fatale.
Il ne faut pas, non plus, en lâche complaisant,
Suivant l'air qu'on témoigne, être triste ou plaisant;
Faire le bon valet, l'apôtre, le beau page,
Le plus adroit tartuffe est un sot personnage.
L'honnête homme, séduit par un adulateur,
Aime la flatterie et déteste un flatteur.

Si l'amour de l'étude a pour toi quelques charmes,
Mêle son harmonie au cliquetis des armes;
Pour l'esprit et le cœur le travail a son fruit,
D'un sot intelligent, il fait un homme instruit.

Crois - tu que tourmenté de la fureur d'écrire,
J'écris pour des soldats qui ne savent pas lire?
Que rimant, ainsi qu'eux, à tort comme à travers,
Je vais mettre, en un jour, la théorie en vers?
Non, désabuses-toi, je tonnes, si tu bailles,
Et te mène, à l'instant, sur le champ de batailles;

C'est là que le Dieu Mars s'annonce par des cris;
Il veut être entendu, quand il n'est pas compris.

Vers un poste si noble, avant de te conduire,
De tes premiers devoirs, il faut au moins t'instruire,
Je serai ton seul guide et ton instituteur,
Ton premier caporal, et toi mon successeur.

Places - toi ; corrigeons ce maintien de campagne,
Cet abord emprunté, qu'un air gauche accompagne,
Je vais, de mon exemple, appuyer mes leçons.

Sur une même ligne, approches les talons,
Les pieds point trop ouverts, les hanches bien placées,
Les épaules, surtout, carrément effacées,
La poitrine en avant, les coudes près du corps,
La paume de la main peu tournée en dehors,
Baisses bien moins le dos, et lèves mieux la tête,
Quinze pas devant toi que ton regard s'arrête
Sur le même pivot, tournes de tous les sens,
Que la précision règle tes mouvemens;
Prêtes à tous mes discours une oreille attentive,
Que ton coude me touche et que ton œil me suive ;
Partons bien du pied gauche et vers le même point;
Que ton regard soit fixe et ne t'écarte point;
Sur un pas cadencé, conserves l'équilibre,
La pointe du pied basse et la jambe plus libre,
Suis, écoutes, regarde, observe, imites - moi;
Vas, viens, arrêtes, marche, obéis et tais - toi.

Déjà nos bataillons dans leur marche brillante,
Offrent à l'œil surpris, leur tenue éclatante ;
L'adroite activité, les soins industrieux,
Font du tissu de laine, un effet précieux;
Le cuivre, de l'or même, imite la matière,

Le fer devient acier, sous sa propre poussière;
Le mastic préparé, glace un bufle amoli,
Son cuir, sous deux couleurs, offre un lustre poli.

Partout on reconnait la main intelligente;
Elle emploie avec fruit, tout ce qui se présente,
Son art, à la laideur, donne un air de beauté,
Oppose l'industrie à la nécessité,
Ajoute un nouveau prix à ce qu'elle rassemble,
Et dans tous ses détails, présente un bel ensemble.

On voit de toutes parts, l'armée en mouvemens,
Elle exerce avec soin, ses nombreux régimens,
Son vaste front s'étend, se décrit, se sillonne,
Forme sur mille rangs une seule colonne,
Se développe en ligne, exécute les feux,
Et d'un affreux combat, offre un prélude heureux.

Pourquoi tous ces apprêts et ces cris d'allégresse?
Ces chants harmonieux, ces transports, cette ivresse?
Boulogne, Toulon, Brest fixent tous les regards;
Le salpêtre impuissant tonne sur les remparts,
Soudain, vers l'horison, que borne le rivage,
On distingue, d'un roi, le pompeux équipage,
Le luxe l'environne, et sa simplicité
Laisse, sur son front seul, briller la majesté.
Les armes du héros sont bientôt reconnues;
Ces mots, partis du cœur, s'élèvent jusqu'aux nues:
C'est lui! c'est l'Empereur! vive! vive à jamais!
Le Grand Napoléon! le Sauveur des Français!

L'airain, même en grondant, annonce un feu de joie;
De l'Aigle Impérial, l'étendart se déploie;
Il flotte sur les lieux où l'Anglais, justement,
Paya cher le plaisir de marcher un moment.

Déjà, dans tous nos ports, les flotilles bataves,

Les Ibéres , amis réunis à nos braves ,
Tous les soldats français devenus matelots ,
Couvrent de pavillons et la terre et les flots.

Dans les rangs, St.-Firmin , tu viens prendre ta place ,
Et je te vois admis à la première classe,
J'applaudis, vivement , à tes nombreux progrès ,
Je veux les cultiver et les suivre de près.

Au milieu des combats , si bientôt tu t'élance,
De ton avancement , je conçois l'espérance ;
Mais , si jamais le sort te donne un protecteur ,
Que ton mérite seul lui parle en ta faveur ;
Le mérite suffit aux cœurs nés intrépides,
C'est au sien qu'un héros doit ses succès rapides ;
Aux palmes de la gloire , il a de justes droits ,
Et la prévention les flétrit quelque fois.

CHANT QUATRIÈME.

L'ASSEMBLÉE.

D'une humble patience, il faut donner des preuves,
Et souffrir, sans éclat, de nombreuses épreuves,
Sans, toutefois, singer cet être morosif,
Par intérêt, par goût, nonchalamment actif;
Des volontés d'un maître, esclave volontaire,
Ne sachant point parler, encor bien moins se taire.
Loin de toi, mon ami, ces timides soldats,
Ces lâches détracteurs d'un des premiers états,
Ces Tercites nouveaux, ces esprits indociles,
Pour vaincre des Hector, il nous faut des achilles.
    Un fat, sur son duvet, mollement abattu,
T'enverra dire encore : » hé! pour qui te bats-tu ?
Un coup d'œil suffirait pour glacer l'hypocondre;
Mais sans trop te flatter, tu pourras lui répondre :
« Je me bats pour l'honneur, pour mon pays, pour moi,
» Pour toute ma famille et sans doute pour toi. »
    Si tu n'es pas encore échappé du naufrage :
En attendant le calme, il faut braver l'orage.
Gardes-toi bien de suivre au milieu des combats,
Ces dilapidateurs, ces imprudens soldats,
Ces pillards affamés, faciles à connaître,
Peut-être nés français, mais indignes de l'être :
Loin de t'approprier un butin superflus,
Il vaut mieux conquérir quelques amis de plus.
    Tu sauras, mon ami que cette bienfaisance,
Avec elle, toujours, porte sa récompense.
    Verras-tu de sang-froid ou d'un œil en courroux,

Une femme charmante , embrasser tes genoux ?
S'écrier en pleurant: » épargnez ma famille ,
» Sauvez, du deshonneur , et la mère et la fille ,
» Respectez l'infortune, ayez pitié de moi ;
» Dans mes sens éperdus , vous répandez l'effroi ;
» Vous ne connaissez pas l'amitié d'une mère ,
» Vous êtes insensible à ma douleur amère ;
» Vous me ravissez tout , je n'espère plus rien ;
» Ce cœur , que vous percez, n'a plus aucun soutien ;
» Je suis abandonnée à mes vaines alarmes,
» Le sort vous accoutume à voir couler des larmes.
» Venez-vous dans ces lieux augmenter nos malheurs ?
» Séduire l'innocence, insulter à mes pleurs ;
» Vous livrer aux excès d'une audace imprudente,
» A qui destinez-vous cette arme menaçante ?
» Est-ce pour immoler mon fils ou mon époux?
» Et dois-je aussi, moi-même expirer sous vos coups ?

Une belle coupable inspire la clémence ,
Quelque fois la beauté s'unit à l'innocence ;
De ce sexe charmant , le trône est dans nos cœurs.
Un lion s'attendrit près d'une femme en pleurs;
Elle a sur l'ame émue , un droit bien légitime,
Elle imprime l'amour, le respect et l'estime ;
De tous ses ravisseurs, par elle humiliés ,
Celui qu'elle implorait , vient tomber à ses pieds.

Pour ta naissante ardeur , il faut d'autres modèles;
Regardes ces guerriers , enfans chéris des belles,
On ne les vit jamais, follement amoureux,
Par sentimens, par goût , se rendre malheureux
Et faire une victime à force de tendresse.
Inspirer trop d'ardeur , est une mal-adresse.

Celui-ci, cependant, s'afflige sans sujet,
Dans un jour, dans une heure, il forme vingt projets;
Celui-là, plus heureux, se rit de la fortune,
Et s'étourdit souvent de sa joie importune.
Le premier crie en vain, tout est sourd à sa voix;
Le second, par ses chants, fatigue quelquefois.
L'un se masque toujours, l'autre ne sait pas feindre;
Si tous deux se taisaient, ils seraient moins à plaindre.

Un bon soldat voit tout et jamais ne dit rien,
Marche, fait son devoir, se tait et fait fort bien.

Au milieu d'une armée, où chacun tient sa place,
Un chef, même, sait-il toujours ce qui se passe?
Ainsi que la gazette, on entend nos soldats,
Commenter des projets qu'ils ne conçoivent pas,
Ils n'ont de quelques faits, qu'une idée incertaine,
Et veulent affirmer ce qu'ils savent à peine;
Ils raisonnent de tout, suivant leurs intérêts,
Aujourd'hui de la guerre, et demain de la paix,
On les vit quelquefois juger d'une retraite,
Et lui donner toujours le titre de défaite;
Ils ne connaissaient pas les plaines de Lodi,
Les champs de Maréngo, ni ceux de Rivoli;
Malgré ce grand exemple, ils ne veulent pas croire,
Qu'une belle retraite égale une victoire;
S'ils gagnent la bataille, ils perdent la raison,
Et le soldat vaincu, crie à la trahison.

Ecoutons celui-ci, quand il n'a rien à faire,
Il est, de tout le camp, le journal militaire,
Cependant, confondu dans un rang très-obscur,
Des moindres mouvemens, il ne fut jamais sûr;
A ses nombreux récits, pourtant on s'intéresse,
Pour s'assurer du fait, c'est à lui qu'on s'adresse.

C

Mais, de la vérité , distinguons ses rapports,
Ils sont sans doute faux , puisqu'ils sont sans accords,
De mille évènemens , prétend-il nous instruire ?
Celui qui les connaît , souvent n'a rien à dire.

De toutes les vertus , ornemens d'un guerrier,
Pour le simple soldat , ami de son métier,
La bravoure , sans doute, est la plus nécessaire,
Mais aussi la plus belle, est de savoir se taire.

CHANT CINQUIÈME.

L'HELVETIADE.

LE RAPPEL.

Tous les evènemens des siècles reculés,
Sont encore et seront souvent renouvellés,
Le théâtre du monde offre la même chose,
Toujours le même effet vient de la même cause,
La différence est donc dans les tems et les mœurs,
Dans le lieu de la scéne et les nouveaux acteurs,

Enfin , après huit ans d'orages, de tempêtes,
De crimes, de vertus, de revers, de conquêtes,
La France était tranquille , et des momens heureux
Venaient de succéder à des jours trop affreux;
L'esprit des factions devenu moins terrible,
Promettait , par sa chûte , un avenir paisible.

La Prusse , cependant, du haut de ses remparts,
sur l'Europe agitée étendait ses regards;
Elle voyait la guerre avec indifférence,
Et raisonnait beaucoup en gardant le silence;
Tandis qu'au fond du nord, un enfant couronné,
En quittant ses hochets, au trône destiné ,
De son illustre mère , imitateur fidèle ,
Montrait un successeur aussi terrible qu'elle.
Il s'offrait à venger par de sanglans combats,
Une religion qu'il ne professait pas ;
Son bras , pour la défendre , arma la Sibérie ,

La Pologne, l'Ukraine et toute la Russie ;
Enfin, le premier Paul, pour combattre les francs,
A de nombreux soldats, joignit quelques brigands.
Le Cosaque inhumain au milieu du carnage,
De la stupidité conserve le courage ;
D aveugles préjugés décident de son sort ;
Lui-même, sans frémir, donne ou reçoit la mort,
Hardi dans le succès, soumis dans ses défaites,
Barbare en avançant comme dans ses retraites,
Toujours simple, rampant, fanatique sans mœurs,
Prêchant un culte saint au milieu des horreurs,
Et pensant qu'à son corps son ame étant ravie,
Il reprend avec elle une nouvelle vie ;
Ainsi la triste erreur flatte ses vains desirs,
Et mêle encor l'espoir à ses derniers soupirs.

L'orgueilleux Suvarow désola l'Italie,
Et bientot son aspect ménaça l'Helvétie ;
Mais l'Albis présentait un front trop imposant,
Nos soldats possesseurs de ce poste important,
Etendaient jusqu'au Rhin une ligne assurée ;
Ils occupaient alors une belle contrée :
Trois rivières ensemble y forment cent détours,
Et sur des bords charmans précipitent leurs cours.
L'Aar, du sein des monts, lance une onde agitée,
Qui par mille torrens, dans sa fuite augmentée,
De Berne et de Soleure arrose les coteaux ;
Non loin du pont de Bruck, la Reusse y joint ses eaux
Et du lac de Zurich, l'onde claire et limpide,
Dégorge le Limat dont la pente rapide,
Offre un lit caillouteux, où se roule avec bruit
Une eau qui tourbillonne, et tout-à-coup s'enfuit ;

Elle semble se perdre à la vue incertaine,
Et parmi des rochers, serpente, se promène,
Baigne les murs de Bade, offre un courant plus doux,
Cherche des lieux déserts et les embellit tous;
A l'aspect de l'Aar, elle devient tranquille
Et parait humblement lui demander l'asile.

C'est là qu'un bras vengeur vint creuser le tombeau,
Du monstre de révolte échappé d'Arrezo;
Cet hydre de parti, qu'alarmaient nos conquêtes,
Sur les Alpes, levait ses redoutables têtes,

Déjà.... dans l'Helvétie, un parti clandestin,
Pour toucher l'or anglais, venait tendre la main;
Le Grison, désertant son asile rustique,
Voyait avec plaisir l'étendard germanique
Flotter sur l'horizon d'un sol inhabité,
Et chargé de ses fers, vantait sa liberté.

Sur ses rochers couverts d'une neige éternelle,
Le Valaisan perdait son ardeur naturelle,
Guillaume-Tell, en vain réclamait des vengeurs,
On arrosait sa tombe et de sang et de pleurs;
Ce n'était plus, alors, cette antique Helvétie,
Où la seule vertu, long-tems assujettie,
Charmait tous les esprits, enflammait tous les cœurs,
Et d'un peuple rustique, adoucissait les mœurs;
On cherchait vainement cette candeur si vive,
Qui colorait, jadis, la bergère naïve,
Elle était simple, alors, et d'innocents plaisirs,
De son cœur vertueux, comblait tous les desirs;
La mère s'occupait du bonheur de sa fille,
Le vieillard partageait celui de sa famille,
Le laboureur paisible oubliait tous ses maux,

Et jouissait gaiement du fruit de ses travaux ;
Le voyageur aisé quittait souvent la ville,
Pour venir, sous le chaume, y choisir un asile
Et s'y dédommager des promesses de cour ;
Il voyait, près de lui, s'empresser tour à tour,
Chacun des villageois prêt à le satisfaire,
Polis, sans complimens, qu'ils ne savaient pas faire ,
Tranquilles, sur le choc des causes, des effets,
Ne sachant pas compter seulement leurs bienfaits,
Et de la politique, ignorant l'artifice,
Faisant beaucoup de dons et pas un sacrifice.

Mais, ces tems n'étaient plus, et ces mêmes climats,
Où brillait la gaieté, n'offraient que des frimats ;
La Suisse était vendue à de vils insulaires,
Et Prodiguait son sang pour de honteux salaires.
L'Anglais applaudissant à ses affreux desseins,
Faisait d'un peuple heureux, des hommes inhumains.

L'Helvétien quitta sa coupable apathie;
La Suisse, quoique libre, enfin assujettie,
Par amour ou par crainte, adoptant ses vainqueurs,
Sous les drapeaux français, rangea ses défenseurs.

Suvarow, dès long-tems, méditait sa vengeance ;
Anglais, Russes, Germains, tous menaçaient la France,
Le vainqueur d'Aboukir descendit à Fréjus,
Il ne fit que paraître, et tous ont disparus.

CHANT SIXIÈME.

LA PARADE.

Suis-moi sur l'esplanade, interroge et contemple ;
Ces rangs épars, ce groupe, offrent plus d'un exemple.
Hé bien ! l'homme est ici ce qu'il est en tous lieux ;
S'il ajoute à son grade un abord gracieux ,
Tu demandes son nom , son rang , hé ! que t'importe ?
Tu dois le respecter , suivant l'habit qu'il porte ;
C'est un pacte social , reçu depuis long-tems,
Mais il faut le juger d'après ses sentimens.

Mon crayon, de ses traits , veut t'offrir une ébauche ;
Je ne te peindrai pas ces fils de la débauche,
Ce joueur effréné , ce buveur crapuleux ,
Ce cynique impudent , plus méprisable qu'eux ;
Leur exemple , à tes yeux , doit être un vil supplice ;
Colorer leurs écarts , c'est être leur complice.

Gardes-toi d'afficher un maintien négligent ,
Quand le cœur est blessé, l'œil n'est pas indulgent ;
Un malheureux bien né peut commander l'estime,
Mais toujours la misère avillit sa victime.

Remarques Brise-fer, ce triste fanfaron ,
Porte un bras en écharpe , et sur l'autre un chevron ;
C'est un certificat qu'il ne sait pas écrire ;
Mais il a su se battre avant de savoir lire ;
Cependant, à la classe , il fit un long séjour,
Pour en faire un brêteur , il ne fallut qu'un jour,
Et muni de fleurets , prétendu maître d'armes ,
Sa présence , en tous lieux , précède les vacarmes.

Par trente férailleurs , proclamé spadassin ,
Il fait d'un art bien noble , un métier d'assassin.
Son abord est altier , sa démarche est farouche ,
C'est qu'il va provoquer , quand il ouvre la bouche,
Il a le maintien sombre et le regard cruel;
Dans chacun de ses yeux, on croit lire un cartel;
S'il médite un défi , cet impudent bravache ,
De ses doigts complaisans, caresse sa moustache;
La lèvre entre ses dents , l'avant-bras en arrêt,
Il balance la jambe en pliant le jarret ,
Et son feutre penché laisse voir une oreille,
Tandis que, dans sa poche , il porte la pareille.

Ce gaillard est à craindre , et tu dois l'éviter
Dès le premier abord , s'il veut te fréquenter ;
Tu le verras venir, dans son humeur grivoise,
Te juger en recru, c'est-à-dire à la toise ;
Et promenant sur toi ses regards curieux,
Commencer à tes pieds et s'arrêter aux yeux.
Gardes-toi , devant lui, de baisser la prunelle ;
Si c'est en allemand, qu'il te cherche querelle ,
Tu dois , sans t'effrayer , répondre en bon français ;
Quand on sait ce langage , on ne tremble jamais.

Faut-il te présenter un brave militaire ?
En veux-tu voir cent mille ? on peut te satisfaire ;
Celui-ci, par exemple , est un bon instructeur ,
Un soldat estimable, un guerrier plein d'honneur,
Qui , formé dans les cours d'une simple tactique,
Joint à la théorie une longue pratique ;
Il est pour son pays un atôme; en ces lieux;
Et pour le régiment, un homme précieux.
Il a reçu le jour sur les bords de la Manche ,
Il possède , cependant , une ame honnête et franche.

Son bras, depuis long-tems, a bien servi l'état.
Sa richesse est l'honneur, c'est un ancien soldat,
Dont les ans sont comptés par quarante blessures,
Qui lui laissent au moins des espérances sûres;
Ce brave, par lui-même, assez recommandé,
Obtiendra l'aiguillette et le chapeau bordé.

    Mais, qui laisse éclater ce rire sardonique?
Ah! c'est ce jeune fat, sottement ironique,
Cet ami des beaux arts, par eux abandonné;
Ce lâche déserteur tant de fois ramené,
Qu'on a vu dans nos rangs chanceler sous son arme,
Et frissonner de crainte, au seul nom de gendarme,
En sortant des prisons, courant aux hôpitaux,
A peine au régiment, désertant ses drapeaux,
Remplaçant, chaque année, un conscrit réfractaire,
Reformé dans vingt corps, où l'on n'en put rien faire,
Transfuge d'un pays qu'il a mal défendu;
Chassé de toutes parts, aussi-tôt que vendu;
Et le drôle, aujourd'hui méprise l'épaulette,
Se mocque de la corde et rit de l'aiguillette;
Les chaînes, le boulet, ne sont pour lui qu'un jeu;
Mais il craint l'eau salée, autant qu'il craint le feu,

    Laissons donc clabauder ce Pasquin méprisable,
Il est assez puni, puisqu'il est misérable;
Ses sarcasmes, ses traits, sont gauchement lancés,
Allons nous mettre au but, pour n'être pas blessés.

    Viens, rentrons sous la tente où quinze hommes reposent
A te bien recevoir tu vois qu'ils se disposent,
Dans leur plus grand mystère, ils vont t'initier;
Tu prendras, avec eux, le goût de ton métier;
Le sergent, pour narrer, possède un genre unique;
Ce n'est pas un hableur, un obscur politique;

D

Il est ami de l'ordre et de la vérité,
Et juge le mensonge avec sévérité.
La sage expérience a peuplé sa mémoire,
Chaque nuit il récite une nouvelle histoire,
Il endort le tambour, souvent le caporal ;
Mais, l'ordinaire y trouve un but toujours moral.
Le sot, en l'écoutant, peut y trouver son compte,
Et ce qu'ont vu ses yeux, sa bouche le raconte.

CHANT SEPTIÈME.

LES FRANÇAIS EN IRLANDE.

PASSAGE DE DÉFILÉ.

Près des monts irlandais, au milieu des abîmes,
Que d'horribles rochers, menacent de leurs cimes,
Parmi les noirs sapins, dignes fils de ces lieux,
Se trouve une caverne impénétrable aux yeux ;
Mille détours obscurs en défendent l'entrée,
Et servent aux brigands de retraite assurée.

C'est là, que Duribel, par l'organe des cris,
De sa horde vaincue, assemblait les débris.

Il commandait alors à des hommes stupides,
Qu'Albion opposait aux soldats intrépides,
Dont le rang le plus faible était comme un rocher.
Ces rustres orgueilleux se flattaient d'empêcher
Le succès des combats, le progrès des armées ;
Ils devaient rassurer leurs femmes alarmées,
Demeurer sous leur chaume, ou tracer leurs sillons,
Et non pas s'ériger en troupes, en bataillons.

Je n'eus jamais pensé qu'un habitant paisible,
S'il est époux ou fils, enfin s'il est sensible,
Viendrait finir ses jours parmi ces malheureux ;
Duribel était père et fut cruel comme eux.

Dès qu'un soldat se livre à de lâches complices,
Un seul jour peut flétrir quarante ans de services.

Ce vil chef de parti, né dans les murs anglais,
Combattait à la fois l'Irlande et les français ;

Jusques dans sa retraite, on vint pour le surprendre,
Et vaincu par la force, obligé de se rendre,
De fers étincelans, le perfide entouré,
A défendre ses jours était bien préparé ;
Il aimait mieux mourir que de rendre ses armes,
Et combattit long-tems sans crainte et sans alarmes,
Son sang froid insultait au plus ardent courroux.
Mais enfin, il tomba mourant, percé de coups,
Et l'on eut pour son sort un reste de clémence ;
Il fut par son vainqueur porté sous l'ambulance ;
Il guérit, on l'enferme, il ouvre un œil surpris,
Et sous l'habit français, il reconnait son fils.

La rage, dans son cœur, étouffe la colère,
Philippe pousse un cri, veut embrasser son père....
» Monstre ! arrêtes., lui dit le vieillard furieux ;
» Arraches-moi la vie, ou fuis loin de mes yeux !

» Pardonnez, dit Philippe, à la seule apparence,
» Elle fait bien souvent les torts de l'innocence ;
» Je pourrais déguiser mon juste désespoir,
» La peine, le plaisir que j'ai de vous revoir ;
» Trouver, à mes projets, un but plus légitime ;
» En changeant de parti, mériter votre estime ;
» Mais non, loin d'essayer un langage trompeur,
» Pour feindre un sentiment qui n'est pas dans mon cœur,
» Quand aux drapeaux français, mon ame reste unie,
» Souffrez que votre fils vous sauve au moins la vie ;
» Sortez de ces cachots, fuyez, sauvez vos jours,
» Je possède les clefs, je connais les détours,
» En sortant de ces lieux, la nuit nous favorise,
» Tout semble protéger cette grande entreprise.

« Peux-tu, dit Duribel, surpasser ton pouvoir ?
» Je ne t'écoute plus, traitre ! fais ton devoir.
» Mais, qui peut t'arrêter, ou suspendre ton crime ?
» Achèves, je serai ta première victime ;
» Du sang de nos amis, vas donc souiller tes mains,
» Vas assouvir sur eux tes transports inhumains,
» Tes poignards sont cachés, mais si tu m'assassine,
» Montre-moi donc celui que ton bras me destine . . .
» Tu ne me reponds rien, tu détournes les yeux,
» Crains-tu mes défenseurs ? je suis seul en ces lieux ;
» Pour témoin et pour juge, il suffit de ton père ;
» Tu ne peux redouter ma trop juste colére ;
» Ces bras cicatrisés n'ont plus aucun soutien,
» Tu me revois captif, et tu n'oses plus rien ?
» Apprends encor de moi, ce qu'il faut que tu fasse ;
» Tu ne me verras pas, pour mériter ma grace,
» Promettre de changer de mœurs, de sentimens,
» Et prêter cette main à de lâches sermens ;
» Jurer de maintenir un parti que j'abhore,
» Pour le trahir ensuite, et le défendre encore ;
» Montrer un esprit faible, incertain dans son choix,
» Courageux un instant, timide une autre fois ;
» Ne penses pas, du moins, que jamais je m'abaisse,
» A montrer, devant toi, ni crainte ni faiblesse ;
» Mes reproches, d'ailleurs, deviendraient superflus,
» Mais tu n'es pas mon fils, je ne te connais plus ;
» Vouloir être ton père, est un droit que j'abjure,
» S'il fut long-tems un titre, il n'est plus qu'une injure.
» Que puis-je redouter, après tant de revers ?
» Dois-je craindre la mort, quand je porte des fers ?

A ces mots, que remplace un silence farouche,
Le terrible anathème expire sur sa bouche ;

L'affreux guichet se ferme , et le cruel vieillard ,
Entre son fils et lui , met un double rempart.

Philippe, pénétré d'une douleur amère ,
S'éloigne du cachot qui renfermait son père ;
Mais dans tous ses projets il demeure constant ;
Pour les exécuter , il fallut un instant.

Déjà , dans le silence , il prépare un breuvage ,
Où le pavot se mêle à la plante sauvage ;
L'opium se distile à ses yeux satisfaits ,
Et du suc qu'il exprime , il prévoit les effets.

Minuit sonne , il arrive où le porte son zèle ;
Il écoute un instant , on repose , il appelle ;
On répond , il approche et sa tremblante main ,
Vient présenter le vase au vieillard incertain. . . .
Le cruel la repousse , et dit avec furie :
» Monstre ! que m'offres-tu ? le trépas ou la vie ?
Le jeune homme , indigné , modérant son transport ,
Répond avec effroi : » Recevez , c'est la mort !
Duribel prend la coupe , et garde un front stoïque ,
Il savoure , à longs traits , la liqueur narcotique ,
Et regardant Philippe , il dit avec douceur :
» Tu me donnes la vie , en me sauvant l'honneur.

A ces mots , il se trouble, il chancèle et succombe ,
Se redresse , s'abat , se soulève et retombe ;
Sous un nuage épais , son œil s'appesantit ,
Se clos , se rouvre encore , se ferme et s'assoupit.

CHANT HUITIÈME.

LA RETRAITE.

Tel on vit, autrefois, le généreux Enée,
Fuyant du Simoïs la rive infortunée,
Et pliant sous le faix d'un trésor précieux,
N'emporter avec lui que son père et ses dieux,
Ainsi, dans d'autres tems, Philippe, non moins brave,
Pour sauver Duribel, ne connait plus d'entrave ;
A l'Être impénétrable, il adressait ses vœux :
» Juste ciel, disait-il, sauves deux malheureux,
« Protèges mes efforts, combles mon espérance,
« D'un père infortuné, conserves l'existence,
« Dans ce triste moment, je suis son seul appui,
» Et je dois le sauver, ou mourir avec lui.

Il dit, et vers son père il approche et l'agite,
Met la main sur son cœur, et le sent qui palpite;
Sans perdre en vains projets, de précieux momens,
Saisit d'un bras nerveux, ce corps sans mouvemens,
Sur une forte épaule, il le place sans peine,
Et, guidé par le sort, dans sa marche incertaine,
Parmi les rangs nombreux des gardes endormis,
Vient déposer son père aux postes ennemis.

Déjà, sur l'horison, la clarté chassait l'ombre,
Et couvrait l'univers d'un voile bien moins sombre ;
On arrête Philippe, et d'un air martial,
Lui-même se présente aux pieds du tribunal.
» Punissez-moi, dil-il, cette main condamnable,

» Vient, au glaive des lois de soustraire un coupable;
» Mais, ce cœur innocent pourra l'être toujours,
» Il a sauvé la vie à l'auteur de mes jours !

En achevant ces mots, reprenant un front calme,
Il attend son arrêt, le trépas ou la palme.

Cependant, Duribel reprenant ses esprits,
Avec étonnement, contemplait ses amis;
» Où suis-je? disait-il, quelle douce chimère !
» Quel prodige enchanteur me rend à la lumière ?
» Dieux ! quelle émotion se glisse dans mon cœur ?
» Pourrais-je en éviter le charme séducteur ?
» Ah ! d'où peut naître encore un sentiment si tendre ?
» Il m'était inconnu, je ne puis le comprendre ;
» On ne peut éprouver un bonheur plus touchant . . .
» Pour la première fois, je cède à son penchant . . .
» Viens dans mes bras, mon fils, tu m'as sauvé la vie !
» Que dis-je ? malheureux ! arrêtes, je m'oublie . . .
» De l'amour paternel, j'abjure tous les vœux,
» Eux seuls m'ont arraché des remords trop honteux;
» Loin de moi, pour toujours, de semblables alarmes ;
» Qui fait couler le sang, ne verse point de larmes.
» Le droit de me venger, peut bien m'appartenir,
» C'est de ma fermeté, que j'ai su l'obtenir;
» Puisqu'elle m'a conduit aux pouvoirs honorables,
» Je veux, selon mon gré, me choisir des coupables;
» Cet œil, trop pénétrant, ne me trompe jamais,
» Et ceux que je punis, sont tous ceux que je hais.

» Quoi donc; de m'attendrir, je serais susceptible !
» Non, non, il n'est plus tems de devenir sensible,
» Et si je suis coupable, il faut l'être toujours.
» Je ne veux pas changer vers la fin de mes jours,
» Ce serait à mes yeux, une faiblesse extrême,

» Je suis né , j'ai vécu, je veux mourir le même ,

» Puisque, de tous mes soins, j'ai su fixer l'emploi ;

» Celui de me venger doit finir avec moi.

Un bruit sourd et confus que l'écho fit entendre

Jusqu'au fond de l'abyme aussi-tôt vint se rendre ,

Le chef des partisans s'échappe et tout le suit,

Par de sombres détours sa fureur le conduit.

Il trouve au souterrain une nouvelle issue ,

On s'élance après lui, le jour frappe la vue,

Tous les yeux sont troublés par sa vive clarté ;

Le bras est suspendu , le cœur est agité.

Vaincu de toutes parts , au sein de la poursuite ,

L'Anglais cherche déja son salut dans la fuite.

Duribel éperdu s'arrête en frémissant ,

Et cache sa frayeur sous un front menaçant ;

Dans ses sens agités , la fureur est éteinte ,

Ses féroces excès ont fait place à la crainte ;

Il se défend encore, et sa sanglante main ,

D'un tube meurtrier, lâche un coup assassin ;

Au milieu de vingt rangs le plomb mortel traverse ,

Il atteint un soldat, le frappe et le renverse ;

Ce malheureux blessé s'écrie avec transport :

Qu'on épargne mon père , il me donne la mort !

Soudain son œil se ferme et tout son sang se glace ,

L'infortuné Philippe expire sur la place,

Tandis que Duribel se voyant sans secours,

Prend l'arme de son fils et termine ses jours,

En combattant la mort , il ferma la paupière ,

Et son dernier soupir fut un cri de colère.

E

CHANT NEUVIÈME.

LE ROULEMENT.

L'ennemi qu'on épargne au sein de ses fureurs,
Frappe les plus grands coups sur ses libérateurs.
Tel un feu phosphorique imitant la tempête,
Menace un front coupable et frappe une autre tête ;
Ainsi l'Energumène échappé de l'enfer,
Croit apporter la foudre et n'en a que l'éclair.

Je n'aime point, d'Ajax, l'impétueux délire,
Ulysse me plait mieux, quelque fois je l'admire,
Je ne puis supporter une bouillante ardeur,
J'estime le courage et je hais la fureur.

Mais tu parais ému d'horreur et de tristesse,
De notre narrateur le récit t'intéresse,
Sa morale te plait, tu sens ce qu'elle dit,
L'escouade s'endort et toi seul applaudit,
L'ame de ces soldats en reçoit les empreintes,
De Philippe mourant ils entendent les plaintes,
Son héroisme seul a passé dans leurs cœurs,
De son barbare père ils blâment les fureurs,
Détestent son orgueil, ses crises vengeresses,
ils ont sa fermeté, sans avoir ses faiblesses.

On vit plus d'une fois ces fiers enfans de Mars,
Affronter les périls et braver les hazards ;
Dès les premiers éclats d'une guerre incertaine,
La famine, sur nous, regner en souveraine,
Et, dans nos rangs épars, nous offrir les lambeaux ;
D'un squélette mourant échappé des tombaux,
Sur le Mein, dans Mayence et près de ses murailles,
Séjours ensanglantés témoins de cent batailles,

Au fort d'Erenbreitstein, à Coblentz, à Neubourg,
Dans les sombres ravins sentiers de Luxembourg,
Champs d'honneur! murs fameux! tandis que nos cohortes
Foudroyaient vos remparts, blocquaient toutes vos portes,
On a vu l'assiégé, de vivres regorgeant,
Nous racheter la vie et nourrir l'assiégeant.
On a vu nos Soldats, nos blessés, nos malades,
Rampans sur les glacis, aux pieds des palissades,
Disputer un légume à de fiers citadins,
Et s'exposer, pour vivre, à leurs coups assassins.

Du froment encore verd, trancher l'épi superbe,
Le broyer sous la pierre et le manger en herbe,
Chercher ce fruit terreux qui croît dans nos guérêts,
Ce fruit, ce pain sauveur de cent mille français,

Pardonnes si ma bouche orgueilleuse interprête,
Cite de souvenirs une foule indiscrète,
Mais plus tard, mon ami, tu verras comme moi,
Qu'il est doux de souffrir et de parler de soi.

Dans l'hyver de tes ans, et même avant l'automne,
Quand Bachus de ses dons aura rempli la tonne,
Que le verre à la main, environné d'amis,
De femmes, de vieillards et de tes petits fils,
Après avoir vanté le Macon agréable,
Le pétillant Chably, le Volnay délectable,
Le Champagne mousseux, la piquette de Blois,
Tu finiras toujours par vanter tes exploits;
Et sur un triple rang, alignant l'auditoire,
Par demande et réponse exerçant ta mémoire,
Bientôt, à son penchant donnant un libre cours,
Tu recevras l'éloge en l'éludant toujours;
La couronne d'épis ceindra ton front modeste,

Mais d'un combat naval , voulant citer le reste,
Tu vireras de bord au moins deux ou trois fois,
Et près de Blanckenberg tu resteras vingt mois.
Là, sans qu'on te comprenne et pour peu qu'on t'entende
Tu te promèneras dans les camps sous Ostende,
Encor , voulant passer de l'un à l'autre bord,
Tu peux en traversant faire naufrage au port.
Quittant l'embarcadaire établi sur la rive,
On te suit, on te prête une oreille attentive;
Tu charmes les enfans, les femmes, les époux,
Et tu finis enfin par les ennuyer tous.

    Saisissant le compas de la géométrie,
Je te vois , tout-à-coup, lancé dans le génie ;
Tu dessines le camp, ses jardins, leur beauté ,
Les baraques , leur plan , sa régularité ,
Tu fais voir que le site en est un peu sauvage ,
Que son front est masqué , qu'il fait face au rivage,
Que des dunes au nord , s'étendent sur ses flancs.
L'enterrent sous le sable et sur des watergancks ,
Que borné vers le sud, un marais homicide
Vomit de ses bourbiers l'exhalaison fétide ,
Sous un terrain fangeux, se creuse des canaux ,
Et mêle une eau saumâtre à de plus pures eaux.

    Il faudra peindre aussi , l'activité , le zèle ,
Les égards de nos chefs , leur bonté paternelle,
Cette sollicitude et leurs généreux soins
Cherchant à prévenir nos vœux et nos besoins,
Au fluide insalubre opposant les liquides ,
Les plus douces boissons aux breuvages acides ;
Le chaume le plus sain , les plus purs alimens ,
Enfin , pour trancher court, de bons cantonnemens.
Ne les quitte jamais pour entrer aux hospices,

Ces refuges humains, aux soldats si propices,
Chargeraient ton recit de détails superflus,
Une fois dans ces lieux, tu n'en finirais plus.

Tu pourras, toute fois, les citer comme exemple,
D'un séjour qu'Esculape a choisi pour son temple ;
C'est là que plus d'un sot, méprisant ses secours,
Heureux de les trouver, leur dut ses plus beaux jours,
C'est là que Despréaux et Moliere et Socrate,
Tomberaient aux genoux des enfans d'Hypocrate ;
C'est là qu'on reconnaît l'ami du genre humain
Et qu'un docteur habile est un être divin.

A sa santé, Firmin, buvant tous à la ronde,
De ton avis, alors, tu verras tout le monde ;
Non, tel que ce soldat, parasyte soumis,
Qui n'ayant pas de vin, ne connaît plus d'amis,
Du peuple Bourguignon tu connais la devise :
C'est sur la Côte d'Or que naquit la franchise.

CHANT DIXIÈME.

LA GÉNÉRALE. LA CHARGE, UN BAN

ET LA BERLOQUE.

Mais , quels sons éclatans font retentir les airs ?
Où courent ces guerriers, d'où partent ces éclairs?
Trembles, fière Albion ! la foudre t'environne,
Elle allume ses feux de Flessingue à Bayonne ;
C'est en vain que tes yeux dirigés vers le nord,
Pour imiter l'aimant, font un dernier effort,
Tu ne peux attirer que le fer des esclaves,
Nous possédons celui dont on arme les braves ;
Tandis que tes soldats, ton trône , tes vaisseaux,
Ont regné sur leur tombe en régnant sur les eaux.

Enfin l'instant arrive et le signal se donne ,
En mille endroits divers la trompette raisonne,
Un bruit confus s'élève , on écoute, on se tait ,
Il redouble et l'on voit qu'un mouvement se fait.
La voix du colonel doucement crie : aux armes !
On l'entend avec joie, on y court sans alarmes,
Le silence, l'ardeur , regnent dans tous les rangs ,
Et tous nos bataillons sont déjà loin des camps.

Soudain le feu commence et l'attaque s'engage ,
De l'une à l'autre mer , on tente l'abordage,
Les chefs et les soldats , par la fougue empressés ,
Sur de legers bateaux s'élancent dispersés ,
Ils quittent les mousquets pour s'emparer des rames ,

Le ciel encore obscur, est rougi par des flames;
Mille bouches d'airain, de l'un à l'autre bord,
Vomissent la terreur, le salpêtre et la mort.
Ces gouffres enflamés, ces rivaux du tonnerre,
Font tressaillir les flots et soulèvent la terre;
Les postes ennemis surpris, épouvantés,
Par le fer et le plomb se trouvent culbutés.

Un fleuve se présente, on s'y jette à la nage,
Les barques sous leur poids font gémir le rivage;
Un pont ingénieux s'élève sur les eaux,
Ses pilotis mouvans sont un rang de bateaux,
A travers les mourans, leurs cris, leurs voix plaintive
D'intrépides sapeurs franchissent les deux rives;
Le sapin, sous leurs coups, se disperse en éclats
Et des chemins nouveaux se forment sous leurs pas.

L'Anglais humilié rougit de ses alarmes,
Il hésite, il s'arrête et ramasse ses armes;
La horde britannique assemble ses débris,
Et retourne au combat en poussant mille cris.

Déja de toutes parts, on voit des misérables
Traîner, d'un corps sanglant, les restes déplorables;
Le carnage, la mort, les sinistres fureurs,
Le salpêtre, l'airain, le sang, le fer, les pleurs,
L'active émotion, la terreur, les alarmes,
La flâme, les combats, le feu, le bruit des armes,
L'ivresse des vainqueurs, le cri des malheureux,
Mèlent un charme horrible à mille objets affreux

L'Angleterre, à ces traits, reconnaît son ouvrage,
Parmi ses défenseurs elle souffle sa rage,
La flâme de sa torche allume mille éclairs,
Et sa lance embrasée a sillonné les airs,

La foudre au même instant éclate sur sa tête,
Elle redouble encore, un autre coup s'apprête,
Il frappe, il épouvante et la terre et les cieux ;
Albion baisse enfin son front audacieux,
Elle cherche en tombant   ses dernières victimes,
Pour en savoir le nombre, il faut compter ses crimes.

Je t'ai vu, S.ᵗ Firmin, combattre près de moi
'Avec calme, bravoure, et toujours sans effroi ;
A tes yeux éblouis, l'exemple du courage
Produisit un effet au dessus de ton âge ;
Tu suivis du destin le cours impétueux,
Et l'on parvient partout, quand on est vertueux.

Le sort capricieux, la victoire infidèle
N'ont pu ni t'alarmer, ni ralentir ton zèle ;
Dans le cours du succès tu fus toujours prudent,
Hardi dans tes revers et jamais trop ardent ;
Tu fis de mes leçons un si brillant usage,
Que tes propres travaux surpassent mon ouvrage.

J'ai vu, mon cher ami, tes délicates mains,
Creuser en longs canaux des abris souterrains ;
Manœuvrer d'un affût la pesante machine,
Tresser le gabion, arrondir la fascine ;
Opposer la constance aux plus rudes travaux,
Te distinger toujours par des exploits nouveaux ;
Braver sous le tropique un ardent atmosphère ;
Supporter la chaleur d'un nouvel hémisphère ;
Dans les sables brulans te frayer des chemins,
Vaincre et civiliser des peuples inhumains ;
Sauver ton colonel du fer des indigènes,
Briser un pont-levis, couper ses fortes chaînes ;
Porter, mettre l'échelle au pied des murs anglais,
Et placer sur la brèche un étendard français.

L'épaulette brillante annonce ta conquête,
Et le panache rouge a flotté sur ta tête ;
La frange incarnadine est déja sur ton cœur ,
Je le sens palpiter sous l'étoile d'honneur ,
La paix , la douce paix , a repris tous ses charmes,
Au pied de ses autels tu déposes tes armes ;
Tu jouis d'un bonheur justement mérité ,
Et ta gloire s'étend sur ta postérité.

Pour moi , j'arrive au port, et malgré la tempête,
Aux funestes éclats j'ai dérobé ma tête :
Je joue avec ces vers , enfans de mon plaisir ,
Ils sont le fruit tardif d'un pénible loisir,
Leurs débris réunis, après douze ans d'orage ,
Sont tout ce que ma main a sauvé du naufrage.

Banderole sacrée , écharpe de l'honneur ,
Digne appui d'un carquois qu'épuisa mon ardeur ,
Rivales de la foudre et des flèches d'Alcide ,
Fiers enfans des combats , tube trop homicide ,
Cimetère éclatant terni sous des lauriers,
Toi fille de Bellonne , arme de nos guerriers,
Hâches, lances, faisceaux, redoutables trophées,
Sous lesquels on a vu tant de voix étouffées,
Si vous n'armiez toujours que des bras inhumains,
Jamais vos fers sanglans n'auraient souillé mes mains.

FIN.

www.ingramcontent.com/pod-product-compliance
Lightning Source LLC
Chambersburg PA
CBHW061705180626
46818CB00003B/1271